ISBN : 978-2-36836-081-1
Édité par ABC MELODY Éditions
www.abcmelody.com

Imprimé en Pologne
Dépôt légal : mars 2016
Loi n° 49-956 du 16 juillet 1949 sur les publications destinées à la jeunesse.
Direction artistique : Stéphane Husar
Conception graphique et mise en pages : Alice Nussbaum

Mon poney de Paris

BÉATRICE FONTANEL • SUN HSIN-YU

abc
MELODY

Au jardin du Luxembourg, à Paris,
les poneys s'ennuient. Il a neigé.
Le parc est presque désert.

Enfin ! Une petite fille arrive, toute seule, bien emmitouflée.
— Comme tu es joli ! Tu es gentil ou tu mords ?
Mais le poney ne comprend rien. Il hoche la tête,
bien content d'avoir de la compagnie.
— Monte sur mon dos et en route ! hennit l'animal... dans sa langue bien sûr.

ATTENTION

— Regarde là-haut, dit le poney, c’est le Panthéon, monument à la gloire des grands personnages de la France : Victor Hugo, Émile Zola, Alexandre Dumas...
— Zola... Dumas... répète la petite fille, pour s’en souvenir.

— Et là, c'est la fontaine avec saint Michel qui terrasse le démon, précise le poney doctement.
— Sont bizarres, ces dragons-là… se dit la petite devant les chimères de bronze.

Hop ! Hop ! Au petit trot, ils traversent la Seine et parviennent devant Notre-Dame.
La petite fille monte dans l'une des tours.
En haut, elle tire la langue aux gargouilles qui font des grimaces.
Patiemment, sa fidèle monture l'attend en bas.
— Coucou ! Coucou poney ! crie la petite, avant de redescendre en courant.

Le poney emporte sa cavalière
au marché aux oiseaux, juste à côté.
Les perruches gazouillent à qui mieux mieux.

— Quelles drôles de petites boîtes ! s'étonne la petite fille devant les bouquinistes, qui vendent de vieux livres, des affiches anciennes et des cartes postales.
Puis le poney, crinière au vent, trotte jusqu'au Jardin des Plantes. Il veut faire découvrir à sa cavalière le Muséum national d'histoire naturelle…

— Ouh là ! Quelle grosse bestiole velue… s'exclame le poney, un peu inquiet.
Un mammouth de bronze monte la garde devant la galerie de paléontologie.

La petite, elle, est déjà partie vers le manège du jardin.
Elle grimpe sur le dos du dodo, un animal aujourd'hui disparu,
pendant que le poney repose un peu ses sabots.

Ensuite, comme dans un rêve exotique, elle entre dans les serres tropicales.
— Qu'il fait chaud ! On se croirait dans une vraie jungle ! s'extasie la petite fille.

— C'est qui ce monsieur, avec un lion sous son fauteuil ? demande-t-elle, parce qu'elle adore poser des questions.
— Le comte de Buffon, notre plus grand naturaliste, explique le poney.

— Et maintenant, en route pour le Louvre, le plus grand musée du monde ! fanfaronne le poney, qui se met à galoper sur le quai.
— Moins vite ! Moins vite ! Ou je vais tomber... crie la cavalière.

Après avoir admiré le palais du Louvre, les deux amis visitent les Tuileries.
— Un jardin royal, à la française, ajoute le poney qui prend des airs de pur-sang distingué.

— Qu'est-ce que c'est que ça ? s'écrie la petite en montrant la grande roue qui s'élève dans le ciel.

— C'est une sorte de manège vertical, explique le poney. Allons-y, si tu veux. De là-haut, tu verras : les Champs-Élysées, la Seine...

Mais elle n'écoute plus rien ! Elle est déjà partie. Elle court, elle court et grimpe dans une des nacelles qui s'envole dans le ciel.

Ensuite, la petite veut voir l'Arc de Triomphe. Mais en remontant l'avenue, elle entend des enfants crier à tue-tête : Guignol ! Guignol !
Dans un coin de verdure, ils découvrent un théâtre de marionnettes.
Attention, le spectacle va commencer !

Après le spectacle, les deux amis cheminent jusque sur le parvis du musée national d'Art moderne...
— Voilà le Centre Pompidou, précise le poney.
— Pompidou ? répète la petite qui aime ce mot.

Qu'il fait chaud ! Le poney a très soif. Il entraîne son amie vers la fontaine Stravinsky tout à côté.
Il boit tout son soûl pendant que la petite admire des machineries de Tinguely et Niki de Saint Phalle : une bouche géante crache de l'eau, un serpent tournicote, un crâne pleure...

— Cap au nord, vers Montmartre ! s'ébroue l'animal désaltéré.
Les voilà partis jusqu'au pied des escaliers de la basilique du Sacré-Cœur.
— Mmmm, on dirait un palais à la crème, remarque la gourmande.
Elle saute dans le funiculaire, pendant que le poney l'attend
près des boutiques de boubous bariolés.

Ensuite, les deux amis redescendent vers la Seine. En chemin, ils s'arrêtent pour admirer l'Opéra de Paris qui fait scintiller ses dorures sous le soleil. Puis ils marchent au pas, jusqu'à la Comédie-Française.

— Notre plus prestigieux théâtre, annonce fièrement le poney.
— Oh, une couronne géante en perles précieuses ! s'extasie la petite devant le Kiosque des noctambules.
— Ça, c'est l'entrée du métro, explique l'équidé dépité.

— Nous voilà maintenant au musée d'Orsay. Les plus grands chefs-d'œuvre impressionnistes sont conservés à l'intérieur, indique le quadrupède, décidément très savant.

Mais la petite fille n'écoute pas. Elle admire le féroce rhinocéros de bronze.

— On dirait qu'il est vivant !

M
'O

Les deux compères découvrent le majestueux pont Alexandre III,
puis ils traversent la vaste esplanade des Invalides pour aller voir le tombeau de l'Empereur. La petite s'achète un bicorne de Napoléon... en carton,
mais en sortant, un coup de vent l'emporte, attention !
— Oh non, ne pleure pas ! dit le poney. Pour te consoler, allons visiter la tour Eiffel.
La petite sèche ses larmes aussitôt.

Après avoir fait longtemps la queue, la petite fille parvient au premier étage. Elle découvre le plancher de verre, c'est extraordinaire ! Au travers, elle voit le poney. On dirait un petit joujou, juste en dessous !

— Il est temps de rentrer, souffle le poney fourbu.
Clopin-clopant, ils poussent malgré tout jusqu'à la place Denfert-Rochereau pour admirer le plus grand lion de Paris.

— Le temps se rafraîchit, remarque le poney,
on dirait qu'il va pleuvoir…

— Un jour, c'est sûr, j'irai à Paris...
dit la petite fille, juste avant
de s'endormir.

— Un jour, une petite fille viendra...
dit un poney qui s'ennuie.